Bibliografische Information der Deutschen Nationalbibliothek
Die Deutsche Nationalbibliothek verzeichnet diese Publikation
in der Deutschen Nationalbibliografie;
detaillierte bibliografische Daten sind im Internet
über http://dnb.d-nb.de abrufbar.

Du möchtest noch
mehr von uns
kennenlernen?

Text: Sarah Welk
Umschlaggestaltung und Innenillustrationen: Sharon Harmer
Die Autorin wird vertreten durch die Autoren- und Projektagentur Gerd F. Rumler (München).

ISBN 978-3-8458- 4508-1

www.arsedition.de

Sarah Welk

Ziemlich beste Schwestern

Spaghetti mit Konfetti

Mit Illustrationen von Sharon Harmer

arsEdition

Für Mila und Martha,
die weltbesten Partymacherinnen.
Und natürlich für Mats,
der beim nächsten Mal
unbedingt auch kommen muss.

Inhalt

Wie wir mal super Fahrstuhlwärterinnen waren

Ich bin Mimi und irgendwie kribbelt mein Kopf. Aber das kommt nur, weil Flo sich die ganze Zeit kratzt, und dann ist das bei mir immer wie so eine Juckansteckung.

Also, wenn mich zum Beispiel überhaupt keine Mücke gestochen hat, aber Flo schon, und sie sich deshalb auf den Arm spuckt und mit den Fingernägeln in die Stelle kneift, dann kribbelt es bei mir direkt auch los.

Andersrum muss sie sich dafür immer kaputtlachen, wenn ich kichere. Und wieder andersrum kommen bei mir manchmal sogar Tränen in die Augen, wenn Flo weint, aber nur, wenn wir keinen Streit haben, ist ja klar.

Wahrscheinlich kommt das, weil wir Schwestern sind. Obwohl, bei Nina habe ich das nicht, zum Glück. Die heult nämlich ständig.

„Nina ist echt so 'n richtiger Brüllzwerg", murmelt Flo und pikt mit der Gabel in ihre Spaghetti und dreht sie zu einem dicken Nudelklops. Also zu einem megadicken Nudelklops, eigentlich liegen jetzt gar keine Spaghetti mehr auf ihrem Teller. Stattdessen schweben die alle wie ein riesiges Wollknäuel mit Gabelstiel über dem Tisch.

„Flo", ruft Mama. „Doch nicht so!"

Aber da versucht Flo schon den ganzen Berg auf einmal in den Mund zu stopfen. „Ha ha hei

Hehich", quetscht sie hervor, und dabei lacht sie und gleichzeitig muss sie ein bisschen würgen und ihre Augen werden ganz kugelig.

„Flo!", japst Mama, aber dann kann sie gar nicht richtig losschimpfen, weil Nina sich nach vorne beugt und mit der Hand die Nudeln von Mamas Teller schnappt.

„Nina au lang", quietscht sie, und irgendwie sieht sogar ihre Nase wütend aus, so ganz klein und schrumpelig. Und, ZACK, schon schleudert sie die ganzen Spaghetti auf den Boden.

„Schluss jetzt!“, ruft Mama. Sie springt auf und beinahe fällt sogar ihr Stuhl um. „Und zwar alle!“

„Hä? Wieso denn alle?“, frage ich, weil das finde ich jetzt richtig ungerecht. Ich habe ja gar nichts gemacht, nur die Kleinen.

Mama kneift kurz die Augen zusammen und dann atmet sie ganz laut ein und wieder aus.

„Gut“, seufzt sie schließlich. „Tut mir leid, Mimi. Also: Schluss jetzt, Nina und Flo. Sofort. Und könntest du vielleicht die Nudeln aufheben, Mimi?“

Das finde ich jetzt gut von Mama, dass sie sich entschuldigt hat, und deshalb helfe ich ihr und krabble unter den Tisch. Irgendwie tut Mama mir auch leid, weil die Kleinen immer so ein Chaos machen.

„Und WAS?“, ruft Mama jetzt. „Ich versteh kein Wort!“

„Mama“, erkläre ich. „Du hast vorhin gesagt: ‚Flo, doch nicht so!‘ Und da hat Flo geantwortet: ‚Das war ein Gedicht.‘ Das konnte man aber nicht so gut verstehen, weil ihr Mund voll war. Und Nina will lange Spaghetti, nicht die klein geschnipselten.“

Aber als ich hochkomme und Nina ihre Spaghetti wieder in die Hand drücke, sehe ich, dass Mama gar nicht wissen wollte, was Flo und Nina gesagt haben. Sie hat nämlich ihr Handy zwischen der Schulter und dem Ohr eingeklemmt, und ich glaube, Papa ist dran.

„Nein!“, ruft sie gerade. „Das geht nicht. Du kannst nicht später kommen. Ich muss jetzt zur Eröffnung der Garten-Messe. Dann bringe ich dir die Kinder eben ins Büro.“

Und schon drückt sie auf Rot und stöhnt und schlägt die Hände vors Gesicht. Deshalb kann sie auch gar nicht sehen, dass Flo sich mit der Gabel am Kopf kratzt und Nina eine Spaghetti am Hochstuhl festknotet.

„Mama“, sagt Flo und drückt mit beiden Händen gegen die große Glastür an Papas Bürohaus. „Mir jucken die Haare.“

„Hmm“, antwortet Mama und knöpft Ninas Jacke zu.

„MAMA!“, ruft Flo jetzt richtig laut. „Mir kribbeln und krabbeln die Haare und alles juckt!“

Jetzt richtet Mama sich plötzlich auf und sieht Flo an.

„Komm mal her“, sagt sie und zieht Flo am Arm zu sich heran.

Sie fasst mit der anderen Hand unter Flos Haare und hebt sie hoch. Und dann geht sie mit dem Kopf nah an Flos Ohr und guckt, und plötzlich kreischt sie ganz kieksig: „Ah!"

„Mama", rufe ich. „Was ist denn?" Weil vielleicht ist irgendwas Schlimmes passiert.

„Nichts", antwortet Mama und beinahe klingt ihre Stimme schon wieder normal, und dann lässt sie ganz schnell Flos Haare fallen. „Gar nichts. Bitte richtet Papa einfach aus, Flo hat Läuse und er soll sich darum kümmern."

„Hä?", fragt Flo und zieht die Nase kraus. „Was sind denn Läuse?"

„Mann, Flo", sage ich und verdrehe die Augen, denn das weiß doch jeder. „Läuse sind Mini-Tiere, und die wohnen auf deinem Kopf."

„Cool", ruft Flo und guckt ganz stolz.

Mama drückt jetzt die Glastür auf und winkt der Frau, die immer vorne an so einem Begrüßungstisch sitzt.

„Huhu, Gerda!", ruft sie quer durch die Halle. „Ich habe es ein bisschen eilig. Die Kinder müssen zu meinem Mann."

„Kein Problem", antwortet die Frau und lacht.

„Die Konferenz dauert bis Viertel nach, aber ihr könnt ja kurz warten, oder?“

Und das können wir natürlich. Papa hat nämlich einen echt coolen Fahrstuhl, der ist ganz aus Glas und richtig groß. Also eigentlich gehört der nicht Papa, sondern seinem Chef, und leider können wir auch nicht so oft damit fahren, weil meistens arbeitet Papa ja zu Hause.

Es ist also richtig super, dass Papa noch nicht fertig ist, denn so können wir noch ganz oft mit dem Lift rauf- und runterfahren.

Mama drückt uns jetzt allen nacheinander einen Schmatzer auf den Mund, und dann saust sie los und winkt von draußen noch durch die Scheibe und wirft uns Kusshände zu. Aber wir werfen nur eine ganz schnelle Kusshand zurück, und dann flitzen wir zum Aufzug, der kommt nämlich gerade an.

„Ich bin die Fahrstuhlwärterin", sagt Flo, als die Tür aufgeht. „Ihr müsst bei mir bestellen, wo wir hinfahren, und dann drücke ich den Knopf."

„Nee", rufe ich und dränge mich mit Nina an der Hand an ihr vorbei in die Glaskabine. „Ich bin viel größer als du, und deshalb drücke ich den Knopf."

„Nina Knoff!", schreit Nina, aber dafür haben Flo und ich jetzt wirklich keine Zeit, weil wir uns nämlich gegenseitig richtig wütend anstarren.

„Dürfte ich mal", sagt da plötzlich ein Mann hinter uns, und das ist Papas Chef und anscheinend will der nach oben.

Er hat einen Anzug an und steht so ganz gerade, und einmal habe ich gehört, dass Papa zu

Mama gesagt hat: „Ich glaub, der hat mal einen Besen verschluckt."

Und das fand ich echt richtig komisch, weil einen Besen kann man ja gar nicht verschlucken, außer vielleicht einen ganz kleinen.

Aber als ich gefragt habe, wie so was denn geht, hat Mama geantwortet: „Das sind Erwachsenenthemen, Mimi, du musst auch nicht immer zuhören." Und Papa hat mir zugezwinkert und gesagt: „Auf jeden Fall ist das geheim, nicht weitersagen!"

Aber das würde ich natürlich sowieso nicht machen, ich bin ja keine Petze. Ich habe es nur heimlich Flo erzählt, abends im Bett, und die sagt es auch niemandem weiter.

Also, jetzt will der Besenverschlucker in den Fahrstuhl, und deshalb kneife ich Flo nur ganz schnell in den Arm und strecke ihr die Zunge raus. Und dann drehe ich mich um und sage mit extra freundlicher Stimme: „In welches Stockwerk möchten Sie denn, bitte?“

„Dritte Etage“, brummt Papas Chef und guckt ganz streng, und deshalb ist sogar Flo ruhig und ich drücke schnell die „3“.

Nur Nina zieht die ganze Zeit an meinem Ärmel und schreit „Nina Knoff, Nina Knoff!“, bis der Mann sie mit zusammengekniffenen Augen anstarrt und plötzlich ganz laut „Buh!“ ruft.

Und da klappt Nina erschrocken den Mund zu, und ich kann an ihren Augen sehen, dass sie gleich weinen muss. Ich lege schnell den Arm um sie und Flo stellt sich auf Ninas andere Seite und nimmt ihre Hand, und dabei guckt sie den Besenverschlucker mit ihrem wütendsten Feuerblick an.

„Man darf keine Kinder erschrecken“, zischt Flo, und das finde ich richtig mutig von ihr.

Aber Papas Chef tippt einfach weiter auf seinem Handy und sieht gar nicht hoch.

„Hallo?“, sagt Flo jetzt etwas lauter. Aber der Mann rührt sich immer noch nicht, und zum Glück sind wir nun im dritten Stock und schon rauscht er aus dem Fahrstuhl.

„Also das ist echt eine richtige Flitzpiepe“, zischt Flo.

„Vielleicht hat der dich einfach nicht gehört“, sage ich. „Der ist ja schon uralt und manchmal wird man da taub.“

Flo kratzt sich am Kopf, und ich kann sehen, dass sie nachdenkt. „Trotzdem“, murmelt sie. „Man kann auch ohne Ohren nett sein.“ Und das stimmt natürlich.

Und danach streiten wir uns kein bisschen mehr, sondern wir wechseln uns mit dem Drücken einfach ab. Flo darf immer den Knopf nach unten aussuchen und ich den nach oben, und wir spielen, dass wir erwachsen sind und ganz feine Damen, die in einem Hotel wohnen.

Sogar Nina ist ruhig. Sie presst jetzt die Nase an

die Glasscheibe und guckt mit großen Augen, wie wir durch die Halle schweben, und dabei sabbert sie auch fast gar nicht an die Scheibe.

„Papa", kräht sie plötzlich. „Papapapapapa."

Und da gucke ich auch und sehe wirklich Papa und einige von seinen Kollegen und Kolleginnen und seinen Chef. Die kommen gerade auf den Fahrstuhl zu und bestimmt wollen die gleich fahren.

Und das ist jetzt echt richtig gut, weil wenn Erwachsene mitfahren, bin ich eine echte Fahrstuhlwärterin und nicht mehr nur im Spiel.

„Hei, ihr kleinen Granaten", lacht Papa, als die Tür aufgeht. „Wo ist denn Mama?"

„Arbeiten", antwortet Flo, aber dabei guckt sie gar nicht ihn an, sondern mich. „Ich bin dran", sagt sie und schiebt mich von den Knöpfen weg, und das finde ich jetzt richtig blöd.

„Vielleicht wollen die ja nach oben", zische ich

und will sie zurückschubsen, doch leider geht das nicht, denn nun drängeln Papa und die ganzen Leute in den Fahrstuhl und es wird richtig eng.

Ich stehe direkt hinter Papas Chef und fast drückt sogar meine Nase in seinen Rücken, also auf jeden Fall kann ich den Anzug riechen, der müffelt ein bisschen nach alter Wolle. Papa hat Nina auf den Arm genommen und sie gibt ihm gerade hundert nasse Küsse auf die Backe, und dann nimmt er meine Hand und zieht mich hinter seinem Chef hervor zu sich heran.

„So, liebe Herrschaften", ruft Flo ganz laut. „Jetzt könnt ihr einen Knopf bestellen!"

Leider antwortet keiner, weil die nämlich gar nicht verstehen, was Flo meint.

„In welches Stockwerk möchten Sie, bitte?",

frage ich deshalb für Flo, aber das findet sie anscheinend nicht so gut.

„Mann“, zischt sie und pufft mich in den Rücken. „Ich bin die Wärterin.“

„Kinder“, flüstert Papa mit ziemlich strenger Stimme. „Ist gut jetzt. Reißt euch zusammen.“

Und in der Sekunde sticht Papas Besenchef mit dem Finger durch die Luft direkt an Flo vorbei und drückt einfach auf „Erdgeschoss“.

„HALLO??“, ruft Flo nun richtig laut und stupst ihn ans Bein. Und da setzt Papa ruckzuck Nina auf den Boden und zieht stattdessen Flo zu sich heran und zischt: „Florentine. Du hörst augenblicklich auf, hier rumzuschreien.“

„Aber Papa“, sagt Flo. „Dein Chef hört mich doch sonst gar nicht. Der ist ja schon uralt. Und übrigens hat der glaub ich echt einen Besen verschluckt, die kleine Flitzpiepe.“

Papas Gesicht wird blass und direkt danach knallrot, seine Backen und Ohren leuchten ungefähr wie Feuer.

„Bitte entschuldigen Sie", stößt er hervor und sieht seinen Chef an. „Ich weiß auch nicht, woher ... also, Kinder eben, Sie wissen schon!" Und danach macht er so: „Ha, ha, ha."

Aber irgendwie ist das gar kein echtes Lachen, und sein Chef lacht auch nicht mit, sondern er guckt Papa nur an und sagt: „Flitzpiepe. Besen verschluckt. Soso."

Aber als Papa gerade antworten will, kräht plötzlich eine andere Stimme dazwischen, und das ist Ninas, und die ruft: „NINA KNOFF!"

Und dabei reckt sie sich und streckt sich und schnauft, weil wenn man auf Zehenspitzen steht, ist das ja ganz schön anstrengend.

Und um ein Haar kommt sie bis an den untersten Hebel, an den roten, auf dem „Alarm/Notaus" steht.

„NEIIN!", ruft Papa, aber da macht Nina schon

einen kleinen Hopser und drückt mit dem Zeigefinger richtig fest auf den Knopf, und dann passiert leider mal wieder alles gleichzeitig.

Der ganze Boden RUCKT und alle Leute stolpern und halten sich aneinander fest, und beinahe fallen sie sogar hin, aber zum Glück nur fast, und dann bleibt, ZACK, der Fahrstuhl stehen. Einfach so. Mitten zwischen zwei Etagen.

„Papa“, rufe ich, und mein Herz klopft so doll wie bei Bolle, wenn ich ihn auf dem Arm habe, das ist unser Kaninchen. „Wir stecken fest!“

„Ich fass es nicht“, flüstert Papa und greift sich mit beiden Händen in die Haare.

Plötzlich reden alle Leute durcheinander und eine Frau direkt neben Papa guckt uns an und wedelt so ganz hektisch mit der Hand und ruft: „Na ihr seid ja wie ein kleiner Sack Flöhe! Und was machen wir jetzt?“

„Rufen Sie den Hausmeister an“, sagt Papas Chef zu der Frau. „Und sagen Sie ihm, dass der Zwerg den Notfallknopf gedrückt hat.“

Ninas Kinn sinkt nach unten, aber ich kann trotzdem sehen, dass ihre Unterlippe zittert, und ich glaube, gleich muss sie weinen.

„Nina ist doch kein Zwerg“, ruft Flo plötzlich ganz laut und kratzt sich am Kopf. „Und außerdem hat sie das nur gemacht, weil vorhin immer Mimi und ich gedrückt haben.“

„Und wir sind auch keine Flöhe“, sage ich schnell und stelle mich direkt neben Nina.

„Übrigens, Papa“, sagt Flo und dreht sich zu ihm um, und das ist ihr bestimmt wegen der Flöhe eingefallen. „Ich hab Läuse. Und Mama hat gesagt, wir sollen uns darum kümmern.“

Plötzlich wird es mäuschenstill im Aufzug. Keiner sagt mehr ein einziges Wort, nur die Stimme vom

Hausmeister quäkt immer so ganz leise „Hallo? Hallo?“ aus dem Handy der Frau.

Doch die antwortet ihm gar nicht, sondern lässt das Telefon sinken und starrt uns an, aber nur ganz kurz, und SCHWUPP, schon hopst sie von uns weg. Sie quetscht sich gegen die anderen Leute, und die rücken alle auch nach hinten, und auf einmal haben wir richtig viel Platz.

Papas Lächeln friert ein, aber nur für eine Minisekunde. Dann geht er in die Hocke und breitet die Arme aus und Nina stürzt sich hinein und er gibt ihr einen Kuss auf die Haare, und danach guckt er Flo an und sagt: „Kein Problem, das machen wir.“

Zum Glück knarzt jetzt plötzlich der Aufzug, und, ZACK, schon fährt er wieder los und drei Sekunden später kommen wir unten an.

Alle Leute drängeln sich richtig schnell an uns vorbei nach draußen, fast so, als wären wir gefährlich, und ganz viele kratzen sich an den Haaren und an der Stirn, und vielleicht ist das auch Juckansteckung, obwohl das gar keine Schwestern sind.

„Papa?“, fragt Flo und beißt sich auf die Lippe. „War das schlimm, dass ich Flitzpiepe zu deinem Chef gesagt hab?“

„Na ja“, antwortet Papa. „Er wird's schon verkraften.“

„Also kann dein Chef uns jetzt eigentlich hören oder nicht?“, frage ich.

„Der kann sehr gut hören“, antwortet Papa. „So alt ist der noch gar nicht.“

„Und in echt hat der auch keinen Besen verschluckt“, murmle ich.

„Nein“, antwortet Papa und grinst. „Das sagt man nur so. Wenn jemand sehr streng ist und selten lacht.“

„Also du bist schon mal kein Besenverschlucker“, sage ich. Und dann nehme ich Flos Hand und wir flitzen quer durch die Halle und ich bin richtig erleichtert.

Und ganz froh.

Wie wir einmal richtig gute Läusesiebe erfunden haben

„So", sagt Papa und zieht den Anleitungszettel aus der Schachtel mit dem Läusemittel. „Dann wollen wir mal."

Papa hat seine lange Unterhose an, die ist aus neongrüner Flauschwolle und schon ziemlich alt und auch ein bisschen löcherig. Und Flo und Nina und ich sitzen in Unterhemden vor ihm im Badezimmer und auf unseren Schultern liegen Handtücher.

Leider haben wir nämlich alle Läuse, auch Papa übrigens.

„Alles klar“, sagt er jetzt und kratzt sich am Kopf. „Wir müssen das Zeug auf unsere Köpfe sprühen und dann eine halbe Stunde warten. Danach sind die Läuse alle erstickt und wir können die Leichen auskämmen.“

„Die Leichen auskämmen?“, fragt Flo, und ihre Stimme klingt so, als könnte sie nicht glauben, was Papa da gerade gesagt hat. Und, ZACK, schon verschränkt sie die Arme vor der Brust und ruft: „Nö.“

„Wie ‚Nö‘?“, fragt Papa und guckt Flo an.

„Das ist TIERQUÄLEREI, Papa“, zischt Flo. „Die sind ja noch ganz klein und die wohnen da einfach nur in meinen Haaren, und dann sprühst du die an, und die denken, oh toll, es regnet, aber in Wahrheit ist das giftig und die STERBEN.“

„Mooah“, stöhnt Papa und lässt sich auf den Badewannenrand sinken.

„Und übrigens“, sagt Flo und zeigt mit dem Finger auf uns. „Die Läuse gehören alle mir, die sind nur mal kurz von meinem Kopf zu euch rübergekrabbelt, weil sie einen Ausflug machen wollten.“

„Das weißt du ja gar nicht“, antworte ich. „Vielleicht hatte ich die ja zuerst. Oder Papa.“

„Schluss jetzt“, sagt Papa und seine Stimme klingt richtig streng. „Wir benutzen jetzt dieses Läusemittel, und zwar alle.“

Aber genau in der Sekunde klingelt sein Handy und er verdreht die Augen und geht ran und sagt: „Wie jetzt, Videokonferenz in zehn Minuten? Das passt gerade gar nicht!“

Und da hopst Nina von ihrem Stuhl und flitzt weg und Papa läuft hinter ihr her und das Handy hat er dabei immer noch am Ohr.

„Also bei mir juckt es echt ganz schön doll“, sage ich und kratze mich am Kopf.

„Bei mir auch“, antwortet Flo. „Und übrigens: Mir ist langweilig.“

„Wollen wir Tiefseetaucher spielen?“, rufe ich und flitze in die Küche, weil dafür brauchen wir natürlich auch noch Kochlöffel, das sind unsere Harpunen, falls ein Hai kommt.

„Und eine Tupperdose“, sagt Flo und macht den Schrank auf. „Da füllen wir Süßigkeiten rein, und das ist der verschollene Schatz, und die tun wir in die Badewanne und dann tauchen wir danach.“ Und das ist natürlich eine Superidee.

„Mädels“, ruft Papa aus dem Flur. „Ich hab jetzt eine Videokonferenz. Keinen Quatsch machen und nur im absoluten Notfall stören, okay? Und habt ihr ein Auge auf Nina, bitte? Die sitzt am Schuhschrank und macht Knoten in meine Turnschuhbänder, das hab ich ihr erlaubt."

„Klaro", ruft Flo und stellt sich auf die Zehenspitzen, weil die Schokoriegel liegen ganz oben im Regal, direkt neben den Rührschüsseln und den Nudelsieben.

„Mach mal Räuberleiter", sagt Flo, und schon stellt sie ihren Fuß in meine Hände und zieht sich am Regal hoch. „Cool", ruft sie. „Hier ist richtig viel!"

Und dann reckt sie sich und schubst die ganzen Süßigkeiten vom Regal zu mir runter.

Aber leider kriege ich eine Gummibärchentüte auf den Kopf und hopse nach hinten, und deshalb plumpst jetzt auch Flo auf den Boden und danach noch zwei Plastikrührschüsseln und vier Nudelsiebe.

„Upsi", murmelt Flo und reibt sich den Po. Und dann sammelt sie ruckizucki die Gummibärchen ein und schmeißt sie in die Tupperdose und ich nehme die Schokoriegel und fege das Brausepulver

zusammen, da ist nämlich die Verpackung auch kaputtgegangen, und das ist richtig viel, und deshalb kippen wir das einfach obendrauf und dann machen wir den Deckel zu.

„Fertig“, ruft Flo und dreht sich um. Aber dann rennt sie gar nicht los, sondern bleibt stocksteif stehen. Sie starrt auf die Nudelsiebe und legt den Finger an die Nase, und das bedeutet, dass sie nachdenkt, und zwar so richtig.

„Flo“, sage ich, aber sie zischt nur „PSSSSST“.

„Huhu, Flo!“, rufe ich.

Und da dreht sie sich zu mir um und wispert mit Verschwörerstimme: „Läusesiebe.“

„Hä?“, frage ich, weil jetzt kapiere ich überhaupt nichts mehr.

„Mimi“, ruft sie. „Wir können uns die Siebe doch einfach wie Mützen auf den Kopf setzen, und dann fürchten sich die Läuse, weil es dunkel wird, und kriechen durch die Löcher ins Helle. Und schon sitzen sie oben AUF dem Sieb und wir bringen sie nach draußen in den Garten, und da können sie dann leben. Fertig ist der Karton.“

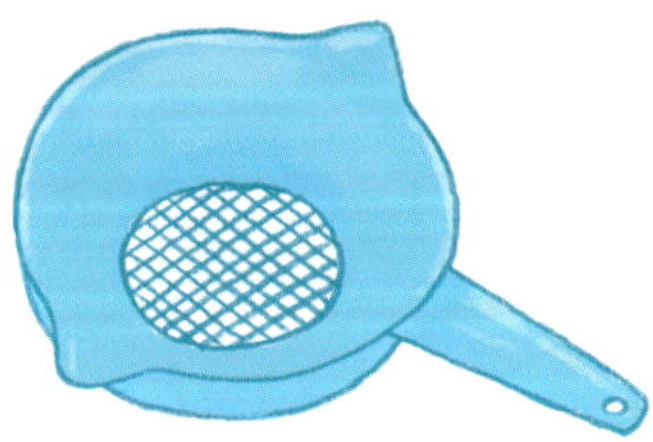

Und das ist natürlich eine richtige Superidee von Flo.

Läuse sind ja nicht doof, die kriechen ja auch heimlich in Haare rein, also können die genauso gut wegkrabbeln, wenn sie sich fürchten.

Und deshalb holen wir jetzt schnell Nina und dann setzen wir uns alle drei ein Sieb auf den Kopf, und damit sie nicht runterfallen, binden wir sie mit Mamas Seidentüchern fest. Und Nina findet das auch richtig gut, weil sie nämlich die Knoten machen darf.

Also wenigstens tun Flo und ich so, in Wahrheit ziehen wir die Knoten hinterher heimlich noch einmal richtig fest, denn Nina kann das noch gar nicht so gut, obwohl sie ständig übt.

„Siehst du schon welche?“, fragt Flo und dreht

die Augen nach oben, als könnte sie sich selber auf den Kopf gucken.

„Nein“, antworte ich. „Keine einzige.“

„Wahrscheinlich haben die Schockstarre“, murmelt Flo. Und dann singt sie plötzlich mit so einer ganz hohen Beruhigungsstimme: „Hu-a-hu-a-Dunkelmops.“

Ich ziehe die Nase kraus.

„Das machen Zoopfleger auch so, wenn sie Tiere beruhigen“, sagt Flo zu mir, und, ZACK, schon singt sie wieder los.

Ich tippe mir an die Stirn, weil Zoopfleger singen doch nicht „Dunkelmops“.

„Das entspricht einfach nicht der Wahrheit“, höre ich plötzlich Papas Stimme, und die kommt aus seinem Arbeitszimmer.

„Siehste“, sage ich, aber dann fällt mir ein, dass er wahrscheinlich gar nicht uns meint, sondern seine Kollegen in der Videokonferenz.

„Vielleicht“, sage ich, „kommen die Läuse auch nicht raus, weil sie Angst vor Papa haben.“

Flo ist gerade wieder bei „Hu-a-hu-a“ angekommen, aber jetzt hört sie mitten im Lied auf und starrt mich an.

„Klaro, Mimi!“, ruft sie dann und haut mit ihrer Hand an die Stirn genau unter das Sieb. „Die haben das mit dem Gift ja gehört!“

Und dann dreht sie die Augen nach oben und wispert: „Huhu, kleine Läuse! Ihr müsst euch nicht fürchten, Papa tut euch nichts!“

Danach guckt sie wieder mich an und sagt: „Am besten wäre es, wenn Papa auch ein Sieb aufsetzt. Dann sehen die Läuse, dass er jetzt mitmacht und sie keine Angst mehr vor ihm haben müssen.“

„Flo“, sage ich. „Papa hat Videokonferenz. Wir dürfen ihn nicht stören.“

„Aber das ist ein Notfall, da dürfen wir das doch“, zischt Flo, und schon düst sie los zum Arbeitszimmer.

Ich flitze hinterher, und als ich ihr gerade sagen will, dass sie nicht die Chefin ist, entdecke ich einen Zettel. Der hängt an Papas Zimmertür und darauf steht:

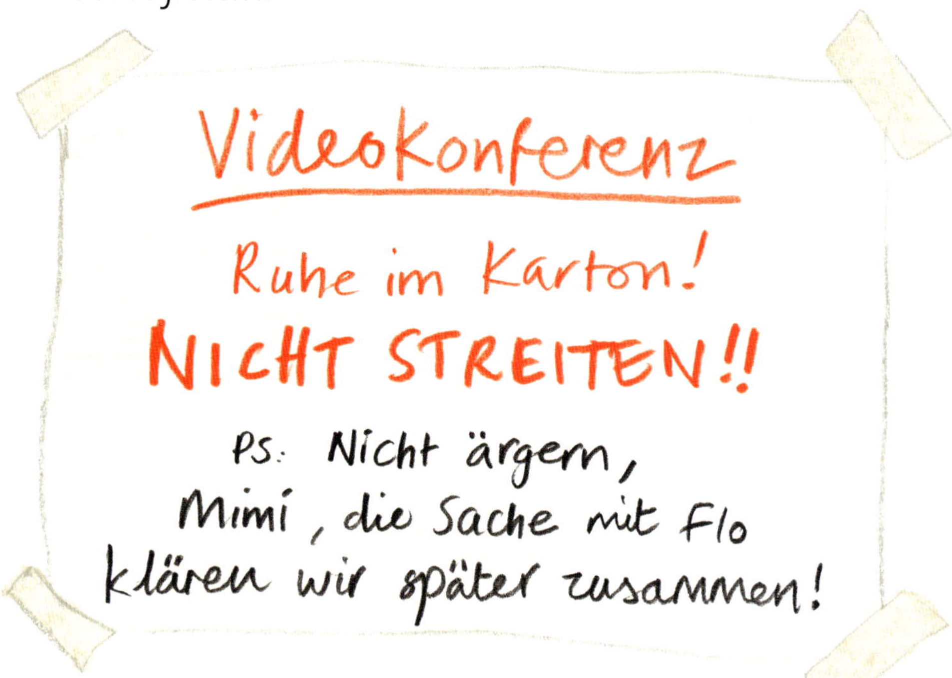

Und das ist echt total verrückt, denn den Zettel hat Papa ja schon VOR der Konferenz aufgehängt, und da konnte er noch gar nicht wissen, dass ich sauer auf Flo werde.

„Und du darfst auch mitschleichen, wenn wir Papa das Sieb aufsetzen“, flüstert Flo jetzt Nina zu. „Aber so leise wie ein Ninja.“

„Noten“, ruft Nina.

„Nee“, antwortet Flo. „Kein Lied jetzt. Das mit dem Dunkelmops können wir hinterher singen. Sonst hört Papa uns ja.“

Aber da erkläre ich ihr, dass Nina natürlich nicht „Noten“ meint, sondern „Knoten“. Und dann drehe ich mich zu Nina und flüstere: „Klaro kannst du Knoten machen, du darfst Papas Sieb festbinden.“

Aber da sagt Flo, nee, wir sind ja Ninjas, und deshalb wäre es noch besser, wenn Nina Papa am Stuhl festbinden würde, genau so wie gestern, als er mit uns gespielt hat, und da fand er das nämlich richtig lustig.

Und das stimmt natürlich.

Und dann gucken Flo und ich uns an, und plötzlich müssen wir beide kichern und ich bin gar nicht mehr sauer auf sie.

Also der Plan ist jetzt so: Wir schleichen uns zu dritt ganz leise von hinten an Papa ran, und dann setzt Flo ihm das Sieb auf und ich helfe Nina beim Fesseln.

Dafür haben wir extra unser Gummitwist geholt, weil das haben wir auch gestern beim Spielen benutzt, und damit geht das richtig gut.

Flo drückt ganz vorsichtig die Klinke nach unten und schiebt ihren Kopf ins Arbeitszimmer.

„Ohrstöpsel", wispert sie dann so leise, dass wir sie kaum hören können, und hebt den Daumen in die Luft.

Sie schiebt die Tür einen Spalt weiter auf, und da sehe ich es auch: Papa sitzt mit dem Rücken zu uns und er hat Ohrstöpsel-Kopfhörer in den Ohren, und das ist natürlich super, weil er so nur seine Kollegen hört und uns nicht.

Die sind alle nebeneinander auf Papas Bildschirm, aber man sieht nur die Köpfe und in der Mitte ist der Chef. Den erkenne ich sofort, weil der nämlich so ganz gerade sitzt und spitze Lippen macht und eine Krawatte umhat.

„Guck mal", flüstert Flo und kichert und haut sich schnell die Hand auf den Mund.

Und da sehe ich es auch.

Papa hat nämlich IMMER NOCH KEINE RICHTIGE HOSE an, sondern nur seine grüne, lange Flauschwollunterhose. Mama findet die übrigens scheußlich. „Aber sie ist soo gemütlich“, antwortet Papa dann immer. „Und die paar Löcher stören doch gar nicht.“ Und dann küsst er Mama auf die Nase.

Doch jetzt küsst Papa natürlich niemanden, sondern er redet ganz wichtig und sagt die ganze Zeit irgendwelche Zahlen und seine Kollegen sehen die Unterhose ja sowieso nicht.

Die ist nämlich unter dem Tisch und auf dem Bildschirm leuchtet nur Papas Gesicht und sein schickes blaues Hemd.

„Alles klar“, flüstert Flo und dann schleichen wir mit ganz kleinen Schritten los.

Wir sind so still, dass uns noch nicht mal eine Maus hören würde, nur mein Herz klopft ganz schön laut, aber das merke ja nur ich in meinen eigenen Ohren.

Plötzlich bleibt Flo stehen und hebt die Hand. Sie streckt den Daumen in die Luft und danach den Zeigefinger und dann den Mittelfinger, und das bedeutet „Eins, zwei, drei, ATTACKE!“.

Und, ZACK, schon stürzen wir alle drei nach vorne und Nina macht sogar einen richtig guten Kampfschrei und Flo und ich johlen auch los, und Papa erschreckt sich so, dass er beide Hände auf seine Brust schlägt und „Waa..?“ brüllt.

Und dann stülpt Flo Papa, SCHWUPP, das Sieb auf den Kopf, aber weil sie zu viel Schwung hat, rutscht es nach vorne bis über seine Augen.

Und ich schnappe mir Ninas Gummiband und will es um Papa und den Stuhl wickeln wie bei einem Paket, aber leider klappt das nicht, weil Nina sofort am Gummi reißt und „Nina alleine!" kreischt.

Und dann gibt es irgendwie so ein Kuddelmuddel, und WUSCH rutsche ich aus und halte mich an Papas Stuhl fest und dann purzeln wir hin, und zwar alle.

Also ich und Flo und Nina und der Stuhl und Papa, aber der springt sofort wieder auf, und zwar so schnell wie eine Rakete.

„Sagt mal, seid ihr verrückt geworden?", ruft er, und zwar richtig laut. Und dabei zittern seine Nasenflügel und sogar seine grünen Beine

wackeln, und ich glaube, er hat wirklich einen Riesenschreck gekriegt und findet das alles überhaupt nicht lustig.

Und auf einmal tut Papa mir leid, weil vielleicht war das doch keine so gute Idee von uns. Flo lässt auch den Kopf hängen und schiebt ihre Unterlippe nach vorne, und ich glaube, sie muss gleich weinen.

„Entschuldigung, Papa“, murmelt sie. „Tut uns leid. Das war doch nur, weil die Läuse so arm sind.“

Und dann fängt sie an zu schluchzen und stößt die ganze Geschichte hervor: von den Läusesieben und dass die Läuse nicht rausgekrabbelt sind, weil sie solche Angst vor Papa hatten, und dass das Mopslied auch nicht geholfen hat.

Papa guckt ganz fassungslos und nickt und guckt und nickt und seine Videokonferenz hat er glaube ich total vergessen. Also zumindest, bis sein Chef sich plötzlich räuspert und vom Bildschirm sagt: „Flotte Hose."

Ich gucke auf den Computer, und da entdecke ich es.

Da sind nämlich nicht mehr nur Papas Kopf und sein schönes blaues Hemd zu sehen. Sondern weil Papa ja aufgesprungen ist, leuchten mitten auf dem Bildschirm seine STAKSELIGEN PLÜSCHBEINE WIE ZWEI NEONGRÜNE BOHNEN IN DER LUFT und darüber schwebt sein Kopf mit dem Läusesieb, und ehrlich gesagt sieht Papa gerade ein bisschen aus wie ein verrückter Ritter mit Helm und Bohnenhose.

„Ääh jaaa", sagt er jetzt ganz lang gezogen und guckt auf seine Oberschenkel hinab. „Bitte entschuldigen Sie. Also, ääh, alles. Es war ja nur wegen der Läuse. Ääh, Möpse. Also wegen der

Dunkelmöpse." Jetzt greift Papa sich an den Kopf und reißt, ZACK, das Sieb herunter. „Wie auch immer", ruft er dann. „Sie haben die Kinder ja gehört. Bis bald, ich melde mich!" Und SCHWUPP klappt er den Rechner zu.

„Mannomann", stöhnt er und dreht sich zu uns um. „Das war jetzt aber wirklich eine totale Idiotenaktion von euch."

„Entschuldigung, Papa", sage ich schnell und Flo umarmt Papas Flauschbeine und sogar Nina ruft „Schullidun, Papa, Schullidun".

Und da streicht Papa Flo über das Sieb und murmelt: „Läusesiebe. Ich fass es nicht."

„Und irgendwie klappt das auch alles überhaupt nicht", schnieft Flo. „Die Läuse kommen einfach nicht raus!"

„Vielleicht hat Mama ja noch eine Idee", sagt Papa. „Ich glaub, sie kommt gerade nach Hause. Und die ist eine echte Läuseexpertin!"

Und da rufen wir schnell: „Super, Papa, alles klar, Papa!", und rasen zur Tür.

Ich drehe mich noch einmal um und gucke Papa an, und er schüttelt immer noch den Kopf und verdreht die Augen, doch ein ganz kleines bisschen muss er auch lachen.

Und da bin ich froh.
Wirklich richtig froh.

Wie wir einmal mit Haien einen echten Schatz gesucht haben

Also Mama ist echt ganz schön platt, als wir ihr die ganze Läusegeschichte erzählen.

„Na, wie gut“, sagt sie schließlich, „dass ich Läuseshampoo mitgebracht habe.“

„Musst du das aufsprühen?“, fragt Flo und zieht die Nase kraus.

„Nö“, sagt Mama. „Damit wäscht man sich die Haare.“

„Und sterben die Läuse dann?“, fragt Flo und kneift die Augen zusammen.

„Vielleicht schwimmen die auch einfach weg“, antwortet Mama. Und das glaube ich auch, in meinem Tierbuch steht nämlich, dass Läuse richtig viele Stunden lang die Luft anhalten können.

Und Flo fragt jetzt sowieso nicht mehr weiter, sondern kratzt sich am Kopf und murmelt schließlich: „Also meinetwegen. Aber nur, wenn Mimi und ich in der Badewanne Tiefseetaucher spielen dürfen.“

Und deshalb sitzen Flo und ich jetzt in der Wanne und es ist richtig super. Mama hat uns beim Haarewaschen geholfen und alle Läuse sind schon weggeschwommen und wir können endlich spielen.

Nina ist auch hier, sie sitzt auf dem Fußboden und verknotet Haargummis, aber baden tut sie erst später. Und natürlich haben wir uns noch schnell die Tupperdose geholt.

Ich habe Mama abgelenkt und Flo ist in die Küche geflitzt und hat sie hinten in ihren Bademantel gesteckt und dann ist sie einfach rückwärts gegangen.

Auf jeden Fall hat Mama nichts gemerkt, und das ist gut, denn sonst wäre es ja kein Geheimschatz mehr.

„Also", sage ich und drücke die Taucherbrille fester auf meine Nase, „wir schmeißen den Schatz jetzt ins Wasser und dann tauche ich runter. Und du wehrst mit den Harpunen die Haie ab."

„Nee", sagt Flo und guckt auf ihren Kochlöffel. „Ich tauche runter und du schießt."

„Das mit dem Schatz war meine Idee", rufe ich. „Entweder machst du das, wie ich sage, oder du spielst nicht mehr mit."

Und dann strecke ich ihr die Zunge raus, und Flo verschränkt die Arme und lehnt sich mit richtig viel Schwung nach hinten, sodass eine Welle zu mir rüberschwappt und ein bisschen Wasser über den Badewannenrand auf die Fliesen klatscht.

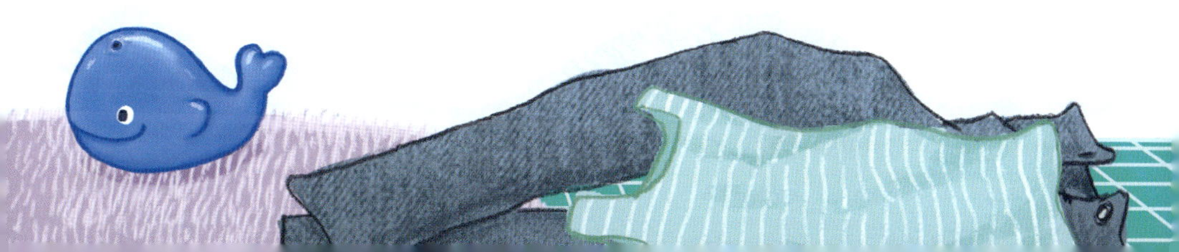

„Cool!“, ruft Flo. „Vielleicht ist auch Sturm und die Wellen sind richtig hoch!“

„Genau“, sage ich. „Du musst auf die Haie schießen und gleichzeitig Wellen machen.“ Und dann reiße ich schnell den Deckel vom Schatz auf und hole die Gummibärchen raus und schmeiße sie alle ins Wasser.

„Und das“, rufe ich und zeige auf eine Gruppe Gummibärchen, die gerade gemütlich an mir vorbeischwimmt, „sind Babyhaie. Und übrigens: Die wachsen sogar in echt.“

Und das stimmt wirklich. In der Schule haben wir mal Gummibärchen in ein Wasserglas getan und eine Nacht stehen gelassen, und plötzlich waren die RIESIG.

„Also meinetwegen“, schnauft Flo. Es ist nämlich ganz schön anstrengend, im Wasser immer vor und zurück zu rutschen. „Ich mach Wellen und schieße mit dem Kochlöffel auf die Haie, und wenn ich einen treffe, mampf ich ihn auf.“

Und da sage ich, okay, wir wechseln ab, und dann können wir endlich losspielen.

„Nina au Wanne“, kräht nun aber leider Nina und steht von den Fliesen auf und schleudert ein richtig dickes Knäuel mit verknoteten Haargummis quer durchs Bad, und das hat uns gerade noch gefehlt.

„Nee, nee, nee“, ruft Flo. „Du passt gar nicht mehr in die Wanne rein. Und außerdem musst du die Musik machen.“

„Welche Musik?“, frage ich.

„Die Musik vom Piratenfest natürlich!“, ruft Flo und zwinkert mir zu. Und da kapiere ich, was sie meint, und das ist natürlich eine richtig gute Idee von Flo. Weil wenn Nina was zu tun hat, lässt sie uns in Ruhe.

„Also“, erklärt ihr Flo, „das ist so. Es ist ganz spätabends und die Piraten veranstalten eine richtig coole Party, und dann kommt ein Gewitter und Sturm und überall ist Chaos und Mimi und ich müssen den Schatz retten.“

Nina guckt Flo mit großen Augen an.

„Und du“, flüstert Flo, und ihre Stimme klingt, als würde sie ein richtig gutes Geheimnis verraten, „singst ganz laut und schaltest immer das Licht an und aus, das sind nämlich die Blitze.“

„Bitze!“, ruft Nina, und anscheinend findet sie Flos Idee gut, weil nun dreht sie sich schon um, und SCHWUPP fängt sie an, richtig schief und laut „Hu-a-hu-a Dunkelmops“ zu singen und wie eine Wahnsinnige das Licht an- und auszuschalten.

„Super!“, schreit Flo. „Und jetzt holst du den Schatz aus dem Wasser, Mimi, und ich schieße und mach richtig hohe Sturmwellen!“

Und da klappe ich schnell den Mund zu und tauche mit dem Kopf unter.

Es ist gar nicht so einfach, durch die Taucherbrille alles zu erkennen, weil da überall Gummibärchen um mich rumschwimmen und im Badezimmer jetzt ja ein Blitzlicht ist.

Aber als ich die Tupperdose bei Flos Füßen gerade schnappen will, wird es plötzlich finster. Richtig, richtig dunkel!

Und deshalb tauche ich schnell wieder auf, denn irgendwie ist mir das unheimlich.

„Nina!“, schreit Flo. „Mach das Licht wieder an!“

Es ist richtig schwarzfinster im Badezimmer, und ich kann nicht mal mehr meine Finger sehen, obwohl ich sie direkt vor die Taucherbrille halte.

Aber Nina drückt nicht auf den Schalter, sondern jetzt fängt sie an zu brüllen, und ich glaube, sie steht gar nicht mehr an der Tür.

„Oh nein!“, ruft Flo. „Nina hat sich im Dunkeln verlaufen! Ich komm schon, Ninaleinchen, nicht weinen!“

Und dann klettert sie, SCHWUPP, aus der Wanne, und deshalb sitze ich hier auf einmal ganz alleine im Wasser.

Und jetzt wird mir gruselig, richtig, richtig gruselig. Nina weint ganz laut und Flo höre ich überhaupt nicht mehr und es ist stockfinster, und deshalb will ich auch aus dem Wasser, und zwar sofort.

Ich stütze mich auf den Badewannenrand und stelle mich ganz vorsichtig hin, aber leider ist plötzlich irgendwas unter meinem Fuß, und zwar was Glitschiges, und dann passiert mal wieder alles auf einmal.

Ich rutsche aus und plumpse mit dem Po zurück ins Wasser, und zwar mit einem echten Riesenplatsch auf irgendetwas Hartes.

Ich weiß überhaupt nicht, was das ist, und jetzt schwabbelt auch noch etwas an meinem Rücken entlang, und vielleicht war das eine LEBENDE NACKTSCHNECKE!

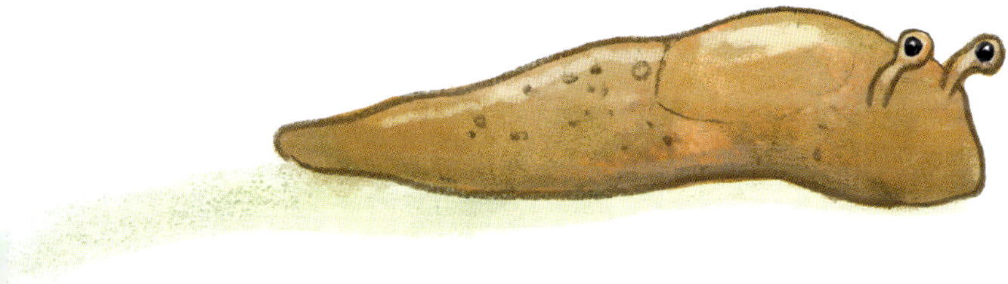

„AHHH!", kreische ich ganz schrill und laut, und genau in der Sekunde kreischen Flo und Nina auch „AAHHHHH" und es ist ein richtiges Brüllkonzert.

„Was ist denn hier los?“, höre ich da Mamas Stimme und dann geht das Licht an.

Ich bin so erleichtert, dass ich am liebsten sofort aus der Wanne und in ihre Arme springen würde, aber leider geht das nicht, denn überall im Bad ist Chaos, und zwar richtiges Chaos.

Flo und Nina stehen neben dem Waschbecken und von der Wanne bis zur Tür ist eine riesige Wasserpfütze auf den Fliesen und sogar Mamas Socken sind plitschenass und direkt vor ihren Füßen schwimmt eine Badeente.

Aber sie guckt trotzdem nicht nach unten, sondern stattdessen starrt sie mich an und stottert: „D-d-das WAS …?!“

Und da gucke ich schnell nach unten, und das glaubt ihr nie im Leben.

Denn um mich herum ist überhaupt kein durchsichtiges Badewasser mehr.

Stattdessen leuchtet es plötzlich KNALLBLAU UND SONNENGELB UND GIFTGRÜN und außerdem blubbert es und zischt.

Es fühlt sich ungefähr so an, als würde ich in einem Zauberkessel für Hexentrunk sitzen, und mitten in der ganzen Regenbogenpampe paddeln die Gummibärchen, und die sind schon ganz dick und schwabbelig, und an meinem Knie schwimmt gerade ein Schokoriegel vorbei.

„Mi-mi-mi-mi w-w-was i-i-i-st d-d-d-das?“, stottert Mama.

„Das sind natürlich die Haie, Mama“, ruft Flo. „Vom Schatz.“

Und auf einmal weiß ich, was passiert ist.

„Oh nein!“, rufe ich und lasse meine Hand an die Stirn klatschen. „Der Deckel ist abgegangen! Als ich hingeplumpst bin! Das ist Brausepulver da im Wasser, und deshalb blubbert das so!“

„W-w-welcher Deckel?“, stottert Mama.

„Vom Geheimschatz beim Piratenfest natürlich“, antwortet Flo. „Und Nina hat die Blitze gemacht.“

„Aha“, sagt Mama, aber in Wahrheit kapiert sie glaube ich gar nichts und vielleicht wird sie gleich sauer.

Und deshalb klettere ich jetzt schnell aus der Wanne und schnappe mir ein Handtuch von der Heizung, und dann fange ich an, den Boden zu wischen, und Flo flitzt los und lässt das Wasser aus der Wanne und Nina hilft auch mit und fischt den Schokoriegel heraus.

Und dabei erklären wir Mama alles, und erst ist sie ganz sprachlos und dann ziemlich sauer und dann beides auf einmal, und plötzlich muss sie doch ein bisschen lachen und wir vertragen uns wieder, zum Glück.

„Mama“, flüstert Flo, als sie im Bett liegt und die Arme ganz fest um ihren Hals schlingt. „Dürfen

Mimi und Nina und ich vielleicht auch mal in echt ein Piratenfest veranstalten?“

„Mal sehen“, murmelt Mama und gibt Flo einen Kuss auf die Haare und danach mir.

„Au ja“, wispere ich, und dabei fallen mir fast schon die Augen zu, weil ich so müde bin.

Und ganz froh

Wie Papa von uns mal eine Klotröte bekommen hat und wir eine Superidee kriegen

„Ich hab mich schon lange nicht mehr so aufs Wochenende gefreut wie jetzt“, sagt Papa beim Frühstück. „Ich mache heute gar nichts. Außer im Bett liegen.“

„Falsch“, ruft Mama. „ICH mache heute gar nichts. Außer im Bett liegen.“

„Passt doch super“, antwortet Papa. „Ist ja genug Platz.“

„Sehr witzig“, sagt Mama und zieht eine Augenbraue hoch. „Und wer kümmert sich dann um alles?“

Flo und ich gucken uns an, aber nur eine winzige Sekunde.

„Na wir“, schreien wir wie aus einem Mund, und dann müssen wir kichern und rufen „privatverhext“, denn das muss man dann so machen.

„Also“, sagt Flo mit ganz eifriger Stimme und quetscht richtig viel Honig aus der Flasche auf ihr Brötchen.

„Wir wollten ja sowieso noch ein Piratenfest machen. Und deshalb bleibt ihr heute den ganzen Tag im Schlafzimmer und Mimi und Nina und ich kümmern uns um alles, und irgendwann läutet dann die Glocke und ihr dürft zur Party kommen. So wie an Weihnachten."

„Und wenn wir mal aufs Klo müssen?", fragt Papa.

„Ihr könnt meine Plastiktröte mitnehmen", antwortet Flo. „Dann quiekt ihr einfach, und wenn wir das hören, holen wir euch ab und bringen euch ins Bad."

Und da springt Papa so schnell auf wie eine Rakete und schnappt Mamas Hand, und bevor sie auch nur „Piep" sagen kann, zieht er sie von ihrem Stuhl hoch und hinter sich her zur Treppe.

„Abgemacht!“, ruft er dabei. „Ihr kümmert euch um alles, ihr räumt hier noch picobello den Frühstückstisch ab und später feiern wir Piratenfest. Bis dann, ihr Hasen!“

Mama hält sich kurz mit ihrer freien Hand am Treppengeländer fest und dreht den Kopf zu uns.

„Ich verlass mich auf euch“, ruft sie. „Kein Chaos. Kein Drama. Und wenn ihr bei irgendwas Hilfe braucht, sagt ihr Bescheid.“

Aber das ist natürlich Quatsch, weil wir brauchen doch keine Hilfe.

„Wir machen kein Chaos, Mama“, sage ich. „Geschworen.“

Und dabei hebe ich beide Hände hoch und recke den Zeigefinger und den Mittelfinger in die Luft. Und da machen Flo und Nina auch schnell das Schwurzeichen, und deshalb weiß Mama, dass sie sich total auf uns verlassen kann.

Und dann legen wir los, denn ein Fest vorzubereiten, ist echt richtig viel Arbeit.

„Also“, sage ich. „Wir brauchen Deko. Und Programm.“

„Wieso denn Programm?“, fragt Flo. „Alle hüpfen rum und schreien und mampfen Süßigkeiten.“

Aber da sage ich, dass das Quatsch ist, weil bei einem echten Fest braucht man wohl Programm, sonst ist es nämlich keine Party, sondern Chaos.

„Au mampfen“, kräht Nina und zieht an meinem Bein.

„Klaro kriegst du nachher auch Süßigkeiten“, sage ich schnell. „Aber als Erstes müssen wir uns um die Deko kümmern. Das dauert nämlich am längsten.“

Und da nickt Flo und flitzt zur Vorratskammer, da heben Mama und Papa nämlich auch solche Schmücksachen auf. Also Servietten zum Beispiel.

Oder bunte Strohhalme. Leider gibt es aber keine einzige Luftschlange und keine Partyhüte und noch nicht mal Konfetti.

„Hmpf“, macht Flo. „Also damit kann man jetzt nicht gerade eine tolle Party machen.“

„Wir können ja auch die da als Luftschlangen nehmen“, sage ich, und dabei zeige ich mit dem Finger auf die Spaghetti-Ecke im Regal und muss ein bisschen kichern.

Dort liegen nämlich Nudelpakete, die wir aus Italien mitgebracht haben. Das sind so Spezialspaghetti, die sind irgendwie eingeschweißt und gar nicht hart, sondern weich und außerdem richtig lang.

„Okidoki“, ruft Flo, und schon türmt sie mindestens zehn Pakete in ihre Arme und man kann gerade noch ihre Nase sehen. An der Tür bleibt sie noch einmal stehen und guckt mich an. „Die sind aber alle beige, Mimi", murmelt sie. „Und das ist nicht gerade so eine tolle Partyfarbe."

Aber da sage ich, dass das echt überhaupt kein Problem ist, denn Nina kann die ja einfach mit ihren Wasserfarben anmalen und dann ist sie außerdem auch noch still.

Nina strahlt über das ganze Gesicht und drei Sekunden später kommt sie mit dem Malkasten zurück und setzt sich unter den Tisch.

Aber da sagen Flo und ich: „So geht das nicht", und dann holt Flo schnell die Zeitung von heute und breitet sie aus, und ich nehme Papas blaues Hemd aus der Wäsche und ziehe es Nina über den Kopf, denn sonst werden der Holzfußboden und Ninas Anziehsachen ja ganz schmutzig.

„Wir dürfen kein Chaos machen, Ninalein", sage

ich, und das versteht sie schon richtig gut, denn sie antwortet so ganz wichtig „Nee, nee, nee“ und nickt.

Und dann reißt sie die ganzen Nudelpackungen auf und kippt alle Spaghetti auf das Zeitungspapier. Und dann pinselt sie mit Rot und Blau und Gelb und alles durcheinander los und sie hat sogar schon Farbe auf der Nase, und ich glaube, das wird richtig super.

„Gut“, murmelt Flo. „Dann mach ich jetzt Konfetti.“

Sie flitzt nach oben in Papas Arbeitszimmer und kommt mit seinem Locher und ganz vielen bunten Papieren zurück, ich glaube, die hat sie einfach aus seiner Ablage genommen, da sind nämlich auch Wörter draufgedruckt. Und, ZACK, schon fängt sie an, wie eine Verrückte Löcher zu machen.

„Übrigens“, sagt sie, und ihre Zunge schiebt sich vorne an die Lippen, weil sie sich so konzentriert. „Ich hab gerade auch noch schnell die Schlafzimmertür abgeschlossen. Weil vielleicht wollen Mama und Papa sonst heimlich gucken.“

Ich runzle die Stirn, denn eigentlich kann ich mir das nicht vorstellen. Die schleichen sich doch nicht heimlich aus dem Schlafzimmer und robben sich von hinten an uns ran!

Aber als ich das gerade sagen will, höre ich plötzlich leise Papas Stimme, und die ruft so ein bisschen kläglich: „Huhu, könnte bitte mal jemand kommen?“

„Mensch, Papsel“, kräht Flo. „Nicht immer durchs ganze Haus brüllen! Ich hab hier gerade ziemlich viel Arbeit!“

Ein bisschen klingt sie dabei wie Papa sonst immer, und deshalb muss ich kichern. „Und wo ist überhaupt deine Tröte?“, ruft sie jetzt. „Ich hab wirklich keine Lust, immer alles drei Mal zu sagen.“

„Tut mir sehr leid“, antwortet Papa und seine Stimme klingt hinter der Schlafzimmertür ein bisschen dumpf. „Die Tröte hab ich vergessen. Aber ich müsste trotzdem mal aufs Klo.“

Und da seufzt Flo ganz laut, aber dann steht sie auf und holt die Tröte, und kurz darauf führt sie Papa aus dem Schlafzimmer und ruft: „Aber nicht die Augen aufmachen, Papa!“

Und da streckt Papa die Arme nach vorne aus und er blinzelt wirklich überhaupt nicht und Flo bringt ihn ins Bad.

„Übrigens, Flo“, sagt Papa, als er gerade an Nina und mir vorbeitappt. „Du darfst gleich nicht wieder die Schlafzimmertür von außen abschließen. Das wollen Mama und ich wirklich nicht.“

„Aber dann musst du SCHWÖREN, dass du nicht einfach so rauskommst“, antwortet Flo und ihre Stimme klingt ganz wichtig. „Bei deinem Leben.“

„Ich schwöre“, antwortet Papa, und dabei macht er das Schwurzeichen und legt sogar die Finger auf seine Brust, und damit ist die Sache ja klar.

„Das hätten wir“, ruft Flo, als sie zu uns zurückkommt. Sie schaut sich um und stemmt die Hände in die Hüften. „Wollen wir Partymusik anmachen, Mimi?“

Und das ist natürlich eine Superidee und wir drehen richtig laut und dazu tanzen wir um den Tisch und danach kümmere ich mich um die Hüte und die Girlanden.

Das ist ganz schön viel Arbeit, weil ich jeden Buchstaben von „P-I-R-A-T-E-N-F-E-S-T“ einzeln ausschneiden muss.

„Und jetzt deck ich den Tisch“, rufe ich danach. Das macht mir nämlich richtig viel Spaß und am liebsten will ich das OHNE Flo machen.

Aber die hat sowieso keine Zeit, denn gerade rollt sie aus Papas Papieren so Würste.

Und nun macht sie den Locher auf und kippt das Konfetti in ihre Papierrollen. Und dazu stopft sie auch noch Gummibärchen und ein paar Legofiguren und dann klebt sie die Enden mit Tesafilm zu.

„Das sind Knallbonbons“, sagt sie und guckt wichtig. „Und die hänge ich auf, und dann ziehen wir mit Ruck daran und dann fliegt überall Konfetti rum. Und die Geschenke darf man behalten.“

Das finde ich super, aber dabei kann ich ihr jetzt nicht helfen, weil ich gerade mit Papas Folienstift unsere Namen auf die Teller schreibe.

Denn bei einer richtigen Party muss jeder auf einem festen Platz sitzen, und für Tischkarten habe ich keine Zeit mehr, weil mir nämlich noch was eingefallen ist.

„Ich mach ein Spieleglas“, rufe ich. „Da kommen Aufgaben rein, und dann ziehen wir Zettel raus, und was da draufsteht, muss man machen.“

Und da sagt Flo, sie will auch Aufgaben aufschreiben, und außerdem kümmert sie sich jetzt um die Eintrittskarten, und die schneidet sie wieder aus Papas Papieren aus und das ganze Wohnzimmer sieht schon richtig festlich aus.

„Pi-Pi-Piratenfest!“, gröhlt Flo jetzt bei dem Lied im Radio mit, obwohl die in Wahrheit etwas ganz anderes singen. „Pi-pi-Pi-pi!!“

Und Nina unter dem Tisch macht auch mit, aber die kräht die ganze Zeit richtig laut „Pi-pi-Pa-pa-Pi-pi!!“

Auf einmal kriegt Flo kugelrunde Augen und schlägt sich die Hand auf den Mund. „Mimi!“, schreit sie. „Mach sofort die Musik aus!“

„Nö!“, rufe ich.

„Doch!“, kräht sie und wedelt mit den Armen, aber gar nicht im Takt zu den Trompeten aus dem Radio, sondern ganz hektisch.

Ich verdrehe die Augen und seufze richtig laut und dann drücke ich den Aus-Knopf.

Und das glaubt ihr nicht, was dann passiert. Es ist auf einmal totenstill. Also nicht ganz totenstill, sondern nur fast totenstill, denn eine einzige Trompete quiekt weiter ganz einsam und leise vor sich hin. Und zwar hinter der Badezimmertür.

„Huhu“, ruft jetzt Papa und seine Stimme klingt ganz kläglich. „Hört mich denn niemand? Huhu!“ Und dann trötet er wieder los.

„Papsel“, schreit Flo und springt auf.

„Huhu!“, ruft Papa genau gleichzeitig. „Ich bin feeertig!“

Und dann quiekt wieder die Trompete.

Aber da rennt Flo schon zum Badezimmer und reißt die Tür auf, und ich kann Papa sehen, denn er steht direkt hinter der Tür und seine Augen sind fest zusammengekniffen und zwischen seinen Lippen klemmt Flos gelbe Plastiktröte.

„Ich bin ja schon da!“, ruft Flo und dann nimmt sie seine Hand.

„Na Gott sei Dank“, sagt Papa. „Ich dachte schon, ich muss bis heute Abend auf dem Klo bleiben.“

„Nein, Papa“, ruft Flo. „Natürlich nicht! Wir hatten dich nur kurz vergessen.“

Und dann führt sie Papa zurück zum Schlafzimmer und er blinzelt wieder überhaupt kein bisschen.

Also ihr könnt euch nicht vorstellen, wie ich mich auf nachher freue!

Ich bin jetzt schon ganz froh.

Wie wir das beste Piratenfest aller Zeiten gefeiert haben

Wir haben jetzt nicht nur das Wohnzimmer mit Girlanden und Knallbonbons geschmückt, sondern den Garten noch dazu.

Die Terrassentür steht weit offen, denn draußen ist es gar nicht kalt, und so sieht man auch sofort das Konfetti, das Flo ins Hühnergehege gestreut hat.

„Die wollen nämlich auch mal richtig feiern“, sagt sie und rückt ihren Partyhut gerade. „Oh

Mimi, wir könnten den Hühnern ja auch noch Piratenschuhe basteln!“

Aber da sage ich, dass wir dafür keine Zeit mehr haben. Und dann knote ich nur noch schnell ein

paar Nudeln am Rosenspalier fest und an Mamas Fahrradanhänger auch, und die können da ruhig für immer bleiben, finde ich, dann hat sie ein echtes Partymobil.

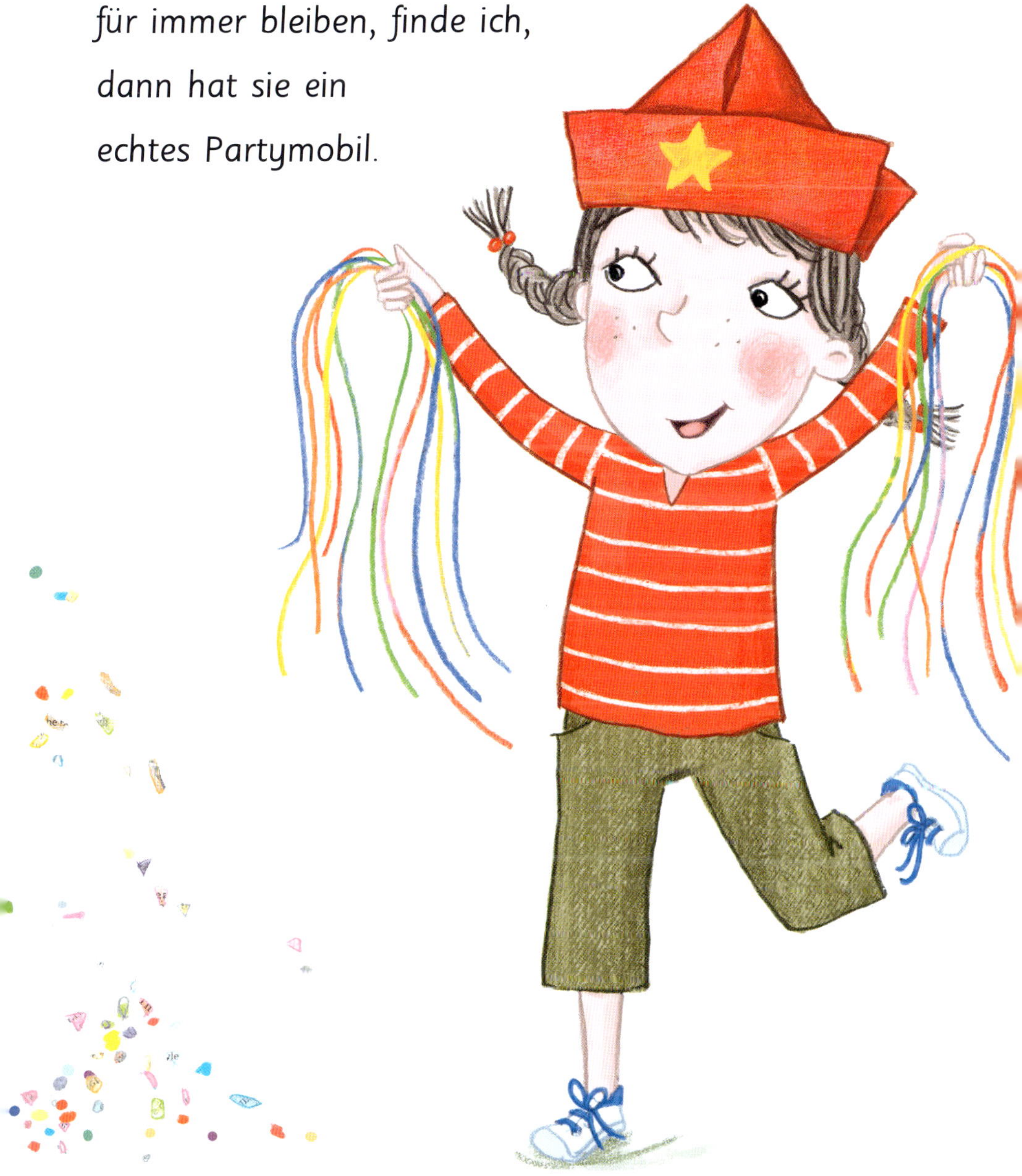

„Okidoki“, ruft Flo. „Los geht's!“

Und schon flitzt sie nach drinnen und wir setzen uns alle nebeneinander an den Tisch und Nina läutet mit der Glocke von ihrem Kuhspiel.

Die Schlafzimmertür geht auf und Mama und Papa schieben ganz vorsichtig ihre Köpfe in den Flur.

„Wir kommen jetzt“, ruft Papa, und dabei trötet er schon wieder, aber das ist natürlich Quatsch, denn nun ist die Party ja eröffnet.

„Guten Tag“, sagt Mama und kommt die Treppe herunter. „Ist hier das Piratenfest?“

„Na klaro!“, ruft Flo und streckt die Hand aus, und Mama legt die Eintrittskarten hinein, die wir ihnen vorhin unter der Schlafzimmertür durchgeschoben haben.

„Wow“, ruft Papa und reißt die Augen auf. „Das ist ja unglaublich. Ihr seid unglaublich. Habt ihr das alles ganz allein in so kurzer Zeit gebastelt?“

„Aber natürlich, was denkst denn du?“, sage ich und springe auf und lege einen Arm um Flo und den anderen um Nina.

„Ääh, ja“, murmelt Mama. „Wirklich toll. Sind das meine Nudeln?“

„Jawoll“, ruft Flo. „Alle selbst angemalt von Ninalein.“

„Huch“, japst Mama. „Habt ihr mit Edding auf das gute Geschirr geschrieben?“

„NEIN“, sage ich. „Das ist Folienschreiber, das kann man mit Spucke ganz schnell sauber machen.“ Und dann stecke ich meinen Zeigefinger in den Mund und wische das „a“ von „Papa“ weg, und jetzt steht da nur noch „Pap“.

„Also ich finde die Deko GROSSARTIG“, sagt Pap und legt den Arm um Mamas Schultern.

„Zieh mal hier dran!“, ruft Flo und zeigt mit dem Finger auf das rote Knallbonbon, das an der Lampe über dem Tisch hängt.

Und das macht Papa natürlich sofort.

Das Knallbonbon funktioniert super, es ploppt leise, und schon saust überall Konfetti durch die Luft und Karamellbonbons purzeln runter und Papa fällt ein kleines Legomännchen auf den Kopf.

„Das darfst du behalten!“, ruft Flo und hopst ganz aufgeregt von einem Bein aufs andere. „Das ist ein Geschenk.“

„Wow“, sagt Papa und nimmt sich das Männchen vom Kopf und eine ganze Handvoll bunter

Papierschnipsel. „Oh. Äh. Wie habt ihr eigentlich das Konfetti gemacht?“

„Aus deinen Bürozetteln!“, schreit Flo und guckt ganz stolz. „Das hab ich mir ganz alleine ausgedacht!“

„Aus meinen Pla-Pla-Planungsunterlagen?“, stottert Papa und reißt die Augen auf.

„Also, ich finde die Deko GROSSARTIG!“, ruft Mama und legt Papa den Arm um die Hüfte. „Planungsunterlagen kann man doch ruckizucki neu anfordern. Du erklärst deinem Chef einfach, dass du daraus Konfetti für ein Piratenfest machen musstest!“

Und dann kichert sie und Papa verdreht die Augen und gibt Mama einen Kuss.

„So“, sage ich. „Jetzt geht’s los. Mama, du

musst einen Zettel ziehen." Und dabei halte ich ihr das Glas mit den Partyaufgaben hin.

„Limbo mit Singen und Schokokuss mampfen", liest Mama vor.

„Cool!", schreit Flo, und schon holt sie einen Besen und Schokoküsse aus der Vorratskammer und ich drehe die Musik richtig laut.

Und dann halten Flo und ich den Besen zwischen uns fest und Mama muss unter der Stange durchtanzen und dabei richtig den Rücken durchbiegen und den Schokokuss im Mund festhalten und gleichzeitig singen, und wir müssen raten, welches Lied.

„Huann-taaa-naa-eaaa“, singt Mama und fast fällt dabei der Schokokuss raus.

„Guantanamera!“, schreit Papa. „Ich hab einen Punkt!“

Danach ist er dran und er tanzt mit Nina unter dem Besen durch und jammert dabei so „Uuuu-uaaaa“, und Mama ruft „Rückenschmerzen“, aber das ist ja gar kein Lied.

Und dann kommen Flo und ich, und wir machen das zusammen und können es von allen am besten, weil wir das nämlich immer üben, wenn wir Turnstunde spielen.

Der nächste Zettel ist von Flo, und darauf steht „Legomenchen Umschiesen (mit Waserschlauch)“. Das machen wir natürlich draußen, sonst wird ja das ganze Wohnzimmer nass.

Mama kann das am besten von allen, sie schießt siebzehn Männchen um und schreit „YEAHH!“ und reckt beide Arme in die Luft. Papa schafft nur drei und verdreht die Augen, aber Mama kichert:

„Mach dir nichts draus, dafür bist du mit einem echten Champion verheiratet“, und dann haut sie Papa mit der Hand auf den Po, aber das war nur ein Witz.

Jetzt ist Papa wieder dran, und er darf den nächsten Zettel ziehen, aber da sind nur so ein paar Krakel von Nina drauf, die kann ja noch gar nicht schreiben.

„Tschalalakka“, ruft Nina, und schon läuft sie zum Trampolin und dann hopst sie wie verrückt im Kreis und schreit „Tschalalakka“. Und das ist natürlich ein etwas komisches Spiel, aber Flo und ich machen trotzdem mit, weil sonst ist Nina vielleicht traurig und brüllt.

Und da klettern Mama und Papa auch zu uns, und jetzt springen wir alle wie verrückt im Kreis und rufen „Tschalalakka“, und das ist richtig lustig.

„Ich kann nicht mehr“, stöhnt Papa und lässt sich auf den Rücken fallen.

„Pause“, japst Mama und plumpst auf den Po und legt ihren Kopf auf seine Schulter.

Und da krabbeln Flo und Nina und ich auch schnell zu ihnen und unsere Köpfe passen genau auf Papas Bauch und seine Beine und wir gucken alle in den blauen Himmel, und nur ein paar ganz kleine Wolken sind da, und die sehen aus wie Vanilleeis, und alles ist irgendwie so richtig, richtig schön.

„Ich hab Hunger“, murmelt Flo plötzlich, und da merke ich, dass mein Magen auch knurrt.

„Ich will Vanilleeis“, rufe ich. Und da sagt Papa, wir könnten doch Waffeln machen mit Vanilleeis und heißen Kirschen dazu, denn das ist ja wohl ein perfektes Piratenessen.

„Bin ich satt!“, sagt Mama und lehnt sich in ihrem Stuhl zurück. „Wenn ich noch eine Waffel essen muss, dann platze ich wie eine Knalltüte.“

„Darf ich auch mal ein Spiel vorschlagen?“, fragt Papa und schiebt die Teller zur Seite. Und da sagen Flo und ich „klaro“, weil bei Piratenfesten können manchmal ruhig auch Erwachsene was bestimmen.

„Mau-Mau“, ruft Papa. „Darin bin ich nämlich absoluter Großmeister.“

Und dann spielen wir ganz viele Runden und Papa gewinnt echt zwölf Mal.

Nina kann das natürlich noch nicht, aber irgendwie nölt sie trotzdem gar nicht herum, sondern sie setzt sich einfach unter den Tisch und singt und redet leise vor sich hin, und ich glaube, die hat sich einfach ein eigenes Spiel ausgedacht, und das ist natürlich super.

„Und jetzt“, sagt Flo und guckt sehr wichtig, „spielen wir Hühnerberuhigung.“

„Hühnerberuhigung?“, fragt Mama und zieht die Stirn in Falten. Aber bevor sie noch mehr sagen kann, springt Flo schon auf und rennt zum Hühnerstall, und eine Minute später ist sie wieder da und hat Herrn Krüger auf dem Arm, das ist ihr Lieblingshuhn.

„Nein!“, ruft Mama. „Keine Hühner im Wohnzimmer.“

„Aber Mama“, sage ich. „Bei einem Fest kann man auch ruhig mal eine Ausnahme machen.“

„Das Spiel geht so“, murmelt Flo und dabei wiegt sie Herrn Krüger wie ein Baby in ihren Armen hin und her. „Ich singe ein Gutenachtlied, und wenn Herr Krüger einschläft, kriege ich einen Punkt.“

„Hm“, sage ich, denn ich weiß genau, dass Flo das gar nicht echt spielen will. Die will nur angeben, weil sie nämlich immer übt, die Hühner in den Schlaf zu singen, und bei Herrn Krüger funktioniert das WIRKLICH.

Und da fängt Flo schon an. Sie setzt sich wieder an den Tisch und hat Herrn Krüger auf dem Schoß und murmelt ganz leise vor sich hin.

Dann streichelt sie Herrn Krüger mit dem Finger über den Kopf und summt „Der Mond ist aufgegangen“ und danach „Vöglein fliegt dem Neste zu“ und dann auch noch „Hühnchen mein, schlaf jetzt ein“.

Also irgendwie muss ich plötzlich gähnen und Nina krabbelt auch unter dem Tisch hervor und rollt sich auf dem Sofa zu einer kleinen Kugel zusammen. Und dann steckt sie den Daumen in den Mund und fängt ganz leise an zu schmatzen und Herr Krüger lässt auch den Kopf ein bisschen hängen und seine Augen fallen langsam zu.

„Unglaublich“, flüstert Papa. „Das funktioniert ja wirklich!“

„Tja“, sagt Flo und guckt ganz stolz.

„Und jetzt bringen wir Herrn Krüger alle zusammen zurück in den Stall“, wispert Mama und steht ganz langsam auf.

Aber dann geht sie nicht los.

Stattdessen bewegt sie ihre Beine auf einmal mit so einem ganz komischen Schlenker, und plötzlich plumpst sie, RUMS, zurück auf ihren Stuhl, sodass der Tisch wackelt.

„Mensch, Mama“, zischt Flo. „Pass doch auf, Herr Krüger schläft!“

Aber Mama antwortet nicht, sondern sie taucht mit dem Kopf unter den Tisch und dann stöhnt sie plötzlich: „Ich fass es nicht!“

Und da gucke ich natürlich auch sofort nach unten, und das glaubt ihr nie im Leben! Mamas Schuhe sind nämlich mit den Schnürbändern mit so einer richtig dicken Verschlingung am Tischbein festgeknotet. Und meine und Flos und Papas auch.

„Das war Nina“, kichert Flo. „Die übt nämlich schon die ganze Zeit Knoten, und jetzt hat sie es geschafft!“

„Na super“, ächzt Papa. „Und wie kommen wir hier wieder weg?“

Er bückt sich und versucht, seine Schnürbänder vom Tischbein abzumachen, aber es klappt nicht, denn Nina hat die nicht nur einmal festgebunden, sondern richtig oft.

„Wir brauchen eine Schere“, murmelt Papa.

Aber die haben wir nicht und es kann ja auch keiner zur Küchenschublade rennen und sie holen.

„Vielleicht kann Onkel Jussi uns helfen!“, rufe ich. Das ist nämlich Mamas Bruder, und der wohnt direkt nebenan.

„Und wie sollen wir den hierherkriegen?“, fragt Mama.

„Wir hopsen alle zusammen mit dem Tisch zu ihm nach drüben!“, ruft Flo und strahlt. „Die Terrassentür steht doch offen, und da passen wir genau durch!“

„Wir HOPSEN?“, fragt Papa.

„Jawoll“, antwortet Flo, und dann steht sie schon auf und dreht sich ganz vorsichtig nach hinten und legt Herrn Krüger zu Nina aufs Sofa. Und dann macht sie probeweise auf der Stelle drei winzig kleine Trippelschritte.

Und deshalb stehen wir jetzt alle auf und Papa

ruft „Eins, zwei, drei“, und dann hebt jeder von uns eine Ecke vom Tisch in die Luft, und zum Glück ist der gar nicht so groß und gar nicht so schwer.

Und dann hopsen wir alle zusammen los, und zwar einfach geradeaus durch die offene Terrassentür in den Garten.

Und ob ihr es glaubt oder nicht: Es funktioniert! Es funktioniert wirklich!

Wir kommen zwar nur schneckenlangsam voran, aber irgendwie arbeiten wir richtig gut zusammen. Und als wir draußen stehen, haben wir ein echtes Riesenglück, den Onkel Jussi fährt gerade mit dem Trecker vorbei.

Und deshalb brüllen wir jetzt alle wie verrückt und winken mit den Armen.

Erst winkt Onkel Jussi nur zurück, aber dann merkt er, dass irgendwas nicht stimmt, und kurvt auf unseren Hof und springt vom Fahrersitz.

„Was habt ihr denn vor?", sagt er.

„Frag bloß nicht", antwortet Mama und verdreht die Augen und zeigt auf unsere Füße.

Und da geht Onkel Jussi in die Knie und zieht sein Messer aus der Tasche, mit dem er sonst immer die Bänder von den Strohballen durchschneidet, und dann macht er ritsch und ratsch und ritsch und ratsch und wir sind alle wieder frei.

„Willst du ein Bier?", fragt Papa.

Onkel Jussi nickt und wir laufen alle zusammen nach drinnen und den Tisch nehmen wir natürlich auch wieder mit, und dann setzen wir uns hin und Flo und ich kriegen Cola.

Und dann essen wir Gummibärchen und Chips und Schokolade und quatschen und es ist richtig lustig und wirklich das beste Piratenfest aller Zeiten.

Und ich bin ganz froh.
So richtig rundum knallefroh.

Ausgeschmökert? Weiterschmökern:

ISBN 978-3-8458-2138-2

ISBN 978-3-8458-2143-6

ISBN 978-3-8458-2600-4

ISBN 978-3-8458-2742-1

ISBN 978-3-8458-3212-8

ISBN 978-3-8458-3856-4

ISBN 978-3-8458-4508-1

Du möchtest noch mehr von uns kennenlernen?

Ziemlich beste Schwestern

Willkommen bei den
besten Schwestern der Welt!

Können Giraffen miauen? Was passiert, wenn man ein Handy einpflanzt? Und wie wäre es mit einer Mäusefamilie, die ins Puppenhaus einzieht? Mimi und Flo kommen immer wieder auf neue Ideen!

Eins ist sicher: Mit diesen beiden Schwestern wird es nie langweilig!